활짝, 피었습니다만

한국정형시 011

활짝, 피었습니다만

ⓒ 최양숙, 2017

1판 1쇄 인쇄 ㅣ 2017년 11월 01일
1판 1쇄 발행 ㅣ 2017년 11월 10일
지 은 이 ㅣ 최양숙
펴 낸 이 ㅣ 이영희
펴 낸 곳 ㅣ 이미지북
출판등록 ㅣ 제324-2016-000030호(1999. 4. 10)
주   소 ㅣ 서울특별시 강동구 양재대로122가길 6, 202호
대표전화 ㅣ 02-483-7025, 팩시밀리 : 02-483-3213
e-mail ㅣ ibook99@naver.com

ISBN 978-89-89224-41-9   03810

🐯 광주광역시   🎭 광주문화재단
* "이 시집은 광주광역시·광주문화재단의 2017년 지역문화예술특성화지원사업으로 지원
  받아 발간되었습니다."

이 도서의 국립중앙도서관 출판예정도서목록(CIP)은 서지정보유통지원시스템 홈페이지(http://
seoji.nl.go.kr)와 국가자료공동목록시스템(http://www.nl.go.kr/kolisnet)에서 이용하실 수 있습니다.
(CIP제어번호 : CIP2017027099)

활짝, 피었습니다만

최양숙 시조집

이미지북

오 래 된 시 절 을 만 지 는 동 안
세 상 에 깃 들 지 못 한 그 녀 들 이
늘 옆 에 있 어 주 었 다 .
애틋한 손 잡아 준 모든 이에게 감사한다.
결코 나 혼자의 힘만은 아니었음도 안다.
이 제 다 시 그 리 운 그 녀 들 과 함 께
깊 은 가 을 을 어 루 만 지 며
어 디 론 가 흘 러 가 야 하 리 …

2017년 가을에

최 양 숙

활짝, 피었습니다만

제2부   익숙한   살내가   난다

제4부 | 몇 생을 지나는 걸까

생생해라 꽃 몸살

그녀는,

바르게 서기 위해 거꾸로 매달린다
단정히 입으려고 알몸에 꽃잎 올리고
억울해
악무는 날은
칸초네를 부른다

꾹 다문 입술에 그늘이 물려 있다
머리에서 발끝까지 회색빛 너울 쓰고
어디에
닿을 것인가
눈썹은 어디 앉나

활짝 피었습니다

수시로 혈압 재고
맥박 수 체크하고

이완제 맞고서야 아슬아슬 풀리는 봄

난간에
민들레 홀씨
후후 불어 만나는 봄

그대는 어디만큼
피어 오고 있나요

거리마다 수만 송이
속삭이며 지나가고

나 오늘
견디다 못해
활짝 피었습니다만,

백련사 동백

뒤틀리고 거꾸러졌다고

사무치게 보지 마라

온몸에 박혀버린

종양도 내 살인 걸

폭풍우

치는 밤에도

그대 올까 꽃문 여네

반짝 세일

고로,
나는 액체다
견고한 것을 녹인다

하여,
나는 고체다
부드러움에 중독된다

그래서,
나는 기체다
유혹에 여유롭다

마스크와
선글라스가
발등에 떨어진다

잽싸게
밀치고 가

카트를 채워간다

할인에
양보는 금물
인생은 반짝이니까

대치 중

낚이지
않으려고
물살 따라 몸 굴린다

빛나는 눈
거친 꼬리로
벼랑을 끌어안고

거꾸로
치솟는 날은
온 하늘이 파랗다

꿈꾸듯
떠오르다
물비늘에 흔들린 순간

걸렸다
아래턱이다

푸드득 몸이 떤다

닳아서
어긋난 뼈 사이
쇠비늘이 돋는다

설說, 설, 설…

알을 낳을 수 없는 깊고 둥근 뱃속에

희끗한 눈송이를 남기고 떠나갔다

섬으로
갔다고 하고
동굴로 갔다 하고

날개를 젖지 않고도 바다 위 날았다는데

아무도 못 봤다고 그럴 리 없을 거라고

알 속에
봉인된 눈꽃
만삭되어 가는데

달팽이 집 나가다

긴 가뭄 흙덩이들 반란이 시작된다

뭘 먹여 꽃 피우지 어떻게 갈아엎지

아 뿔 사

물 동냥 가셨나

빈 집만 가물거리네

오지리의 가을

해는 마당을 지나 울타리에 걸려 있다
덕석에 널린 나락 지키는 다섯 살 순이
몇 밤만 자면 오겠다던
엄마 보러 낮잠 잔다

사립문에 졸던 감이 나락 위로 떨어진다
깜짝 놀라 간짓대로 단꿈을 몰아낼 때
닭들이 눈치를 보며
남은 꿈을 쪼고 있다

아이들 불러 모으는 굴뚝 연기 피어나고
아궁이에 타닥타닥 깻단이 타오를 때
들국화 향기가 난다
머루알이 터진다

소신공양

과꽃 맨드라미가 피어 있는 돌담 아래

단물이 말라가는 대추알 떨어져 있다

한 마리
벌 올라앉아
온 몸으로 공양 중…

밥그릇

몇 년째 풀지 못한 짐들을 내려놓고
남편은 옹색하게 푸시시 웃었다
줄줄이
보자기 안에
식솔들 따라왔다

숟가락 찌그러진 냄비 주전자 근심 한 솥
아침이면 저들처럼 새 일터로 갈 것이다
참으로
변하지 않는
비정규직 여래다

구겨진 옷을 벗고 절은 땀 물에 헹구며
밥 한 그릇 시래기 국에 말없이 말아 먹는다
나는 저
밥그릇 뒤에서
참 편히도 살았다

첫사랑

딱지가 손바닥에 가라앉기 시작했다

이제는 아물었겠지

손톱으로

잡아챘는데

아 숭숭

배어 나오는 너

생생해라

꽃 몸살

해빙

꽁꽁 언
팔당댐에 와서야 너를 본다

얼음의 더께보다
더 두꺼운 벽을 깨고

맺힌 속
다 풀어내듯
천 길 헐어 네가 왔다

혈투

콩나물 국밥집에서 저녁을 먹을 때다

모기 한 마리 온 방을 휘젓고 다녔다 각도를 정조준하고 손바닥을 마주친 순간 달아나는 품새가 미사일 급이었다. 기회를 노리다가 다시 쳤다 앗싸아— 적군을 일망타진 달콤한 나의 한밤 비몽사몽 잠에 빠져 옛사랑도 만났는데 어디서 또 나타나 머리맡을 윙윙거렸다. 서너 번 손사래를 치다가 휘젓다가 내 귀때기만 몇 대 때리고 일어났다 정신을 바짝 차리고 역공에 나선 순간, 오 마이 갓—

녀석이 보이지 않았다
이제부터 진짜인데…

산들은 그리운 곳에

어쩌다 때를 놓친 몸 붉은 열매들이
한 겨울이 지나가는 잔가지에 걸터앉아
가지 끝 힘차게 밀어 낸 어린 잎을 살펴었다

발소리만 들려와도 움츠리던 잎새 아래
엄동 속 봄을 푼 춘란이 꽃대 올리자
바람은 마른 잎 거둬 가만가만 덮고 갔다

빈 병 속으로 기어드는 애벌레 한 마리
떨어진 햇살 끝에 기대어 눈을 뜨고
산들은 그리운 곳에 길을 내어 놓았다

진도를 가다

해풍에 실려 오는 들노래와 씻김굿은
북채 쥔 아낙네의 버선발을 낚고 있고
구부야 구부구부가 일몰에 눈물 난다

남도석성 돌담 따라 가랑눈 밟다 보면
집을 잃은 어린 아이 새처럼 울다 가고
아리랑 고개를 넘듯 파도가 와 지운다

익숙한 실내가 난다

다시,

비탈을 가진 너와
넝쿨을 가진 내가

길이란 길 다 돌아와
쌓아 가는 오막살이

이렇게
아픈 더듬이
밤새도록 감아서

지나가는 강

발바닥 굳은살이 겹겹이 박힌 여자
밤이면 홀짝홀짝 술 마시는 토끼풀 여자
밟혀도 돌 틈 사이에
뿌리박고 웃는 여자

소매 끝 말아 올리고 달려와서 누워서
온종일 휘감았던 고단함을 풀고 있다
허기진 하루를 접고
마른 젖을 물리고

하루하루 뒤틀어진 뼈들을 맞추다가
물살 없는 물고삐로 물꽃을 피워 내고
가끔은 개펄에 앉아
천둥 소리 내는 여자

불어온다

—화가 한부철

마음 안 방 하나가
무너지고 사라질 때
눈물은 어느 낯선 시골집으로 흘러갔다
장독대 항아리 위에 물그릇이 놓여 있다

몸에 붙은 진드기조차
떼어 내지 못한 채

내일이 빠져 나간 짐승처럼 견뎌왔다

억겁을 떨기도 했다
바람 한 점 불어왔다

매화가 그릇을 향해 고요하게 떨어졌다
까마득히 물이 돌고 달빛이 떠올랐다
붓끝이 스칠 때마다
피어나는 어머니

조류상회

벗어나고 싶을 때는
물똥을 싸기도 하고

눈물을 닦는 날은
위염을 앓기도 한다

외톨이
참새 돌아와
쪼그리고 앉는다

우리를 막는 벽은
아주 가는 창살이다

닫힌 세상 사이로
가엾은 등을 대자

익숙한
살내가 난다
둘이라서 따숩다

편지

새벽 일 나가시는 어머니가 밥상 위에

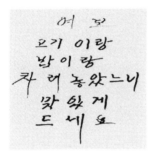

다리를 저는 아버지 무릎에 눈물 뜬다

그랬으면 좋겠다

난생 처음 밭을 사서 언 땅을 걸어봤다

봄 햇살 올 때까지
내 몸도 불러 내어

알 슬어
배불러 오면
엄마 노릇 참 좋겠다

해 두 개 달도 두 개
가지 심고 오이 심고

알곡은 참새에게
땀내는 바람에게

풋사과
익을 때쯤에
네가 오면 참 좋겠다

고드름

처마에 서로 만나

깃들어 사는 동안

외롭고 차가울수록

뜨겁게 자라나서

뿌리가

드러날 때까지

붙들려 산

한 여인

시누대

때로는

멍하니

내려놓고

비우고 싶다

올곧은 마디마디 한 슬픔 차오르다

단번에

확 꺾어지는

간결함이

되고 싶다

참새와 담쟁이

높은 담
기어올라

끝에 선 담쟁이와

목숨 걸고
눈발 헤쳐 온

담쟁이가 만나는 때

포르릉
참새 날아와

둘 사이에
앉는 아침

빈 집

어디로 떠났을까 빈 항아리 열어 놓고
마당 귀 늙은 소나무 거미줄 치고 서서
누군가 올 것만 같아
자꾸 뒤를 돌아본다

'남선표' 성냥 한 갑 쭈그려 앉은 가마솥
"군불 깊게 넣지 마라"던 할머니 그을음이
부뚜막 허물린 자리
박꽃으로 피어난다

공사장에서

노역을 닦아 내며 툭툭 터는 옷깃에서

푹 절은 단내가 났다 어둠도 떨어졌다

간식용 빵 조각에서 모래알이 씹혔다

잔업의 고단함을 견디게 하는 것은

서둘러 올라가는 건물인가 일당인가

허리띠 졸라 맨 채로 집에 가는 은하수

머물고 싶은

무심히
나도 모르게
닿고 싶은 섬이 있다
파도는 환청이 되어 끝없이 몰려왔으나
언제나 한 발자국씩 다른 곳을 향해 갔다

이제와 더 드러낼 바닥이 어디 있어
안개비 내리는 바다 떠나지 못하는가
한사코
머물게 하는
그대라는
섬, 거기

전화

전송을 원하시면 샵(#)을 누르세요

저 달이 몸과 마음을 들추어서 숨 막혀요 연탄가
스에 중독되어 쓰러지고 쓰러지던 밤 가도 가도 끝
이 안 보인단 말 알았어요 한 줄기 빛이 있어 밤은
더욱 깊어 간다는데 아무것도 바꿀 수 없는 막막함
은 어쩌나요

뚜뚜뚜 수신되었습니다.
어둠 잠시 이동합니다.

산세베리아

패밀리 식당 창가 아오자이 입은 신부

서너 군데 얼룩이 진 화분에 물을 준다

뿌리에 드는 물 소리
오늘따라 불안하다

아기 셋만 낳아 주면 고국에 보내줄게

다짐하던 늙은 신랑 며칠째 소식 없고

새하얀 꽃순 안에서
모국어만 피다 진다

출구는 있다

둘둘 말린 잎 안에서 얼굴만 쏙 내밀고
이참에 갈까 말까 머뭇대는 자벌레
살며시
밖으로 나와
찌는 햇살 등에 진다

한 걸음 길 때마다 한나절이 잘려 나가고
가시덤불 길을 바꾸는 어두운 숲의 정수리
그 안에
슬쩍 들어가
보석처럼 구부린다

제 3 부

너에게 가고 싶은 밤이면

새, 허공을 뚫다
위 로
흘러 가 고
블라인드 내리다
레 테
혼자 사는 넙치
한 때 씨
가 슴 의 울
그 겨
C 에 게 다
관 계 다
내 어 주
씨앗의 노래
산으로 간 저녁
구지가 풍으로

새, 허공을 뚫다

떨어지는 꽃을 향해
어둠이 밀려왔다

꽃잎과 어둠 사이
어둠과 꽃잎 사이

허공이 피어 있었다
새, 허공을 뚫었다

꽁지가 통과할 무렵
구멍 속 길이 났다

물무늬를 만들어 낸
구멍들 사이로

꽃잎을 한 장 물었다
새, 허공을 날았다

위로

악아, 들어 볼래
여그가 꿩골이여

옴팍하니 둥지 틀고 알을 낳는 형국인디

햇살이
아늑허니께
편안하니 안 좋냐

다음에 나 여기 살믄
자주 찾아 오니라

꿩들이 꿩꿩 울면 나인 줄 그리 알고

참아 봐
궂은 날만 있다냐
좋은 날도 있응게

흘러가고

산 위로 저 구름만 흘러갈 리 없다
풀씨 문 한 마리 새
울음보
젖은 가슴
가서는
오지 않는 것들
지친 약속
가을 밤

구름이 저 산만 넘어갈 리 없다
작은 냇가 돌무더기
해질녘
카페 소와르
집 나와
앉아 있던 정류장
다리 건너
외딴 집

블라인드 내리다

일용잡부 쇠톱 날에
손가락 잃고 와서

이팝꽃 다 지도록
오라비는 말을 잃은 채

아득히
젖은 가슴들
블라인드 내린다

레테

지나 온 모든 길에
방점을 찍을 수 없다

내몰리고 부서진 채
거슬러 갈 수도 없다

한 번은
살아 보자고
솟구치는 저 폭포

혼자 사는 남자

냉동된 밥 덩어리 약봉지에 말라갈 때
TV 6시 내 고향에서는 무화과 타르트가
네모난 접시에 앉아 여왕처럼 웃는다

기침 소리 삼키면서
전화벨이 울려 오고

－이번 달 생활비가 들어오지 않았어야.

그렁한 부친 목소리
먹먹하고 답답하다

밥알들 눈치 보며 냉가슴 앓아 대고
꽉 막힌 가슴 자리 주먹으로 치는 사이
화면 속 매끈한 여자 깔깔 웃다 사라진다

한때

외딴 방
방파제를 기어오른 갯바람이

그러다 지나가길
입술을 깨무는 동안

휘둘린
삶에 붙들려
나는 또 캄캄해진다

부딪혀 넘어지고
몇 번씩 헛딛을 때

파고는 자꾸 높아져
끊임없이 덮쳐올 때

시퍼런
나를 이끌어
나아가고 싶었네

가슴의 씨

솔잎이 떨어진다
발밑이 우우하다

남몰래 키워버린
슬픔의 그 키만큼

자꾸만
발목을 잡는
뭔 그리움 지녔는가

끝내 하지 못한 말
눈발 되어 날리고

돌로 확, 내리치면
깨질 것 같은 가슴의 씨

네게로
이르는 먼 길
쳐내도 또 자라나는…

그 겨울

빈 방의 딸을 위해
빙판길 서둘러 간다

수레 속 흔들려 가는
팔다 남은 우유 몇 개

가쁜 숨
내쉴 때마다
싸락눈이 내린다

C에게

사표가 처리되고 뒤척이다 꿈을 꾸네
해안에서 거대한 나비가 날아왔어
—잡아 봐. 나를 잡아 봐!
나를 잡고 날아 봐!

낮고 짠 밑바닥을 쉬지 않고 걸어왔네
소나기 뒤 햇살이나 반짝이는 별 따위는
내 것이 아니라는 듯
더 멀리 달아났네

살다 보니 또 다른 내가 꿈틀대기 시작했어
바다 속 바다에는 무수한 길이 열리고
안개에 갇힌 섬 하나
깨어나고 있었네

관계

아무 것도 없는 것을
가득 담아 보내 놓고

언저리만 왔다 갔다
울다 웃다 바라만 보다

너에게
가고 싶은 밤이면
문밖까지 치던 파도

내어 주다

할머니
담장 아래
봄나물 좌판 깐다

중심을 내어 주고 빛 바랜 겉껍질들

바구니 가장자리에
뉘엿뉘엿
해가 진다

씨앗의 노래

삽 메고 걸어가는 아버지 뒷모습은
질퍽한 칠십년대 골목길 같기도 하고
앞마당 같기도 하다
꽃들이 자울거리는

달개비 꽃잎같은 다정한 눈빛으로
더덕이나 도라지꽃 이운 고개 세워 주면
날마다 살이 오르고
시든 싹도 눈 떴다

공터에 씨를 뿌려 개미집만 키운 내게
새벽녘 꿈결인 듯 들려오는 목소리
"보아라. 뿌리가 내렸구나!
너도 이젠 어미야"

산으로 간 저녁

멀어지는 노을 따라 앞산이 저물어 간다

뒷산이 두런두런 어둠을 받아 주고

밤하늘 걸어온 달도 산자락에 앉는다

구지가 풍으로

새벽 한 시 어김없이 위층 여자 나타나서

─이놈아, 인간의 탈을 쓴 놈아 이놈아, 등쳐먹은
내 돈 어서 빨리 내놓아라, 만약에 피같은 내 돈 내
놓지 않으면, 평생 욕창에 밥 말아 먹을 줄 알아라

허공을 향해 울다가 욕이 터져 나온다

쿵쾅쿵쾅 층과 층을 들었다 놓았다가
앙탈 겁탈 바가지탈 해탈에 이르기까지
밤마다 통곡을 하는
아, 우라질 슬픈 달

제 4 부

몇 생을 지나는 걸까

삼짇날
혹, 베짱이 보셨나요
어루만지다
돌아갈 수 없다
첫눈
지다
집 꽃 …
마른 바람뿐
쏙,

무심중(無心中)
어머니
불현듯
일곱 살 무렵
오래 된 친구에게
나를 내보낸다

삼짇날

툇마루에 걸터앉아
꾸물대는 발가락들

고구마 한 입씩 물고
사설을 푸는 동안

봄바람
궁시렁대며
제 갈 길을 가고 있다

혹, 베짱이 다리 보셨나요

세월의 짐이 무거워 등이 휜 할아버지
딸각딸각 목발 짚고 가파른 고개 넘는
기다란 베짱이 다리 여러분은 보셨나요

반 접어 올린 바지, 백발에 누런 구두
이 땅을 활개 치던 스텝이 꼬이는데
목청껏 부른 노래들 아직도 기억하나요

한 뼘쯤 남은 시간 되감을 태엽 없이
콧노래 흥얼흥얼 흔들며 가는 지금
사랑의 기타를 치던 여름날을 아시나요

어루만지다

그 날 이후 주사기로 불능을 그린 그녀
물고기 자궁 안에 갇혀버린 붉은 꽃이
여기는 어둡고 무서워요
도와 달라 외친다

불안전한 집이라도 살겠다고 버티는 날
벽에서 나온 꽃이 긴 상처를 어루만진다
몇 생을 지나는 걸까
생눈물 가득하다

돌아갈 수 없다

김씨는 오늘도 난파선을 기억한다

물살이 천길만길
온몸을 휘감을 때

헤어진
아내 등 너머
쏟아지던 별빛들

몸 하나 겨우 들고 밀려오는 고비마다

흐른다 물고기같이
빈손이다 파도처럼

마지막
뱃길 끊기고
태풍이 오고 있다

첫눈

살짝 웃는 하얀 이와
처연한 눈빛까지

아주 잠깐 다녀갈 듯
문밖에 서성일 때

그토록
파고들었던
너의 몸을 받는다

쏟아지다

전시장 마지막 칸에
걸린 나는 빛이 났다

관객들은 잠시 머물다
표정 없이 지나가고

한순간
나를 이룬 뼈들이
바닥으로 쏟아졌다

미끈했던 각선미가
엎어지고 뒤집히고

덧칠된 흉터마저
낱낱이 드러날 때

놓았다
수천 번 금이 가고
버티던 날들을,

바람집

어느 한 곳 둘 데 없는 마음 들고 그 집 간다
낡은 양철 지붕 아래 녹이 슨 바람이
무너진
담장 밖으로
종 소리를 풀고 있다

무엇인가 놓아버린 물망초 흩어져 있고
후드득 떨어진 내가 나를 줍는 동안
고요가
산으로 앉은
바람집을 떠난다

마른꽃

고개를 떨구면서

조바심을 치면서

밑동이 잘려 나가는 아픔도 감싸 안고

서서히 깊어지는 것

그늘이라야 꽃이 되는

뿐…

산중턱
철망으로 담을 두른 마당에는
눈이 슬픈 깡마른 기린이 살았다
담 너머 초원을 향해 발굽만 올렸을 뿐…

달려가고 싶을 때는
목털이 빠져 나가고
언 땅이 풀릴 무렵 기린은 사라졌다
카랑한 수탉 소리만 골짜기를 팠을 뿐…

무심중無心中

산감나무 우듬지에 청설모 올라앉아

떫은 알 깨물다가 무심코 던지는데

산길에

구절초 가족

온몸으로

떨고 있다

어머니

"성님은 고운 손으로 물레만 돌리고야
허구한 날 밥만 해댄 이 몸뚱이 어쩐다냐!"
그 폐허
쓸어 담다 보면
움푹 꺼진 가슴 한 채

한밤중 집을 나가 쓰레기 다 뒤지고
평생의 한 풀어내듯 온종일 중얼중얼
와르르
무너지는 생
저문 들판 보인다

불현듯

낙엽 한 장 밟아 놓고
발끝이 움찔한다

금이 간 붉은 잎이
사력을 다해 웅크린다

가을이
가지 못하는
이유가 거기 있다

일곱 살 무렵

　차 한 대 오지 않는 산골짜기 외가에서 집으로 가는 길에 아버지를 놓쳐버렸다 봇짐을 멘 아버지가 골목마다 걸어가고,

　눈물로 자란 달 하나 어스름이 따라왔다. 쌀자루 등에 지고 논길 걷는 굽은 달, 어여 어여 어미한테 가라 쌈짓돈 쥐어주던 달, 이 빠진 할머니 막걸리에 걸린 달, 대문들 사이로 밥 냄새 번져올 때,

　발 동동 언 손 부비며 눈사람보다 작아진 아이

오래 된 친구에게

흐리거나 비 온 날은 접어 둔 우산 들고
능소화 흘러내린 공중전화 찾아가서
참으로 오랜만이야
편안하게 말을 걸어

여기는 긴 장마로 병충해가 극성이야
흑성병이 발생해서 열매들이 힘들어 해
너 사는 다랭이마을
콩잎은 잘 자라니?

굴참에서 자작나무로 옮겨가는 노을 보며
벌레들 속삭이는 소리 오래도록 듣자던 말
언젠가 그렇게 살자
잡았던 손 기억나니?

나를 내보낸다

1
귀 닫고 눈 감은 채 아이들만 바라봤어
집은 온통 곰팡이와 히스테리로 소용돌이
아무도
건들지 않았어
통하지 않았으니까

2
카메라 셔터 소리는 새롭게 다가 왔어
찰칵 그 소리에 막혔던 피가 돌고
앵글 밖
낯선 풍경은
밝은 오후가 되었어

자기 회복을 꿈꾸는
여성 서사의 주체적 인식

이송희_ 시인 · 문학박사

자기 회복을 꿈꾸는
여성 서사의 주체적 인식

이송희_시인 · 문학박사

1.

1999년 계간 〈열린시조〉(현, 〈열린시학〉)로 등단한 최양숙 시인은 첫 시집 『활짝, 피었습니다만』을 통해 자기 내면에 갇힌 여러 화자들을 호명하며 생명의 꽃을 피운다. 그 중에서도 그녀는 여성 화자의 삶에 주목하면서 지금 여기에 놓인 시·공간의 빛과 어둠을 함께 껴안는다. 막연히 '그대'를 기다리다가 내면에 담아 두기 힘든 그리움을 활짝 터뜨려 꽃을 피웠으나 정작 아무도 돌아봐주지 않는 순간이 서글픈 그녀들, 혼자서 "칸초네를 부"르며 마음을 다독였을 여럿의 그녀들을 향해 손을 내민다.

최양숙 시인의 시집에는 이렇게 여럿의 '그녀'들이 등장한다. 하지만 그녀들은 하나같이 '어머니', '아내', '엄마', '며느리'라고 불리며, 자신을 잊어버린 채 다른 삶을 감당해야 하는 존재들이다. 혼자이고 싶지만 함께일 수밖에 없고, 또

한 함께이지만 혼자일 수밖에 없는 아이러니한 삶의 이야기가 그녀 시의 행간에 스며있다. 그녀들은 "바르게 서기 위해 거꾸로 매달"(「그녀는,」)리며 조심스럽게 자신을 낮추고 '나'보다는 상대를 챙기며 살아왔다. 멀리 뛰기 위해 먼저 몸을 웅크리고, 곧게 펴기 위해 먼저 구부려야 한다는 노자의 사상이 그녀들의 몸에 닿아 있다.

이렇게 최 시인의 첫 시집은 여성 서사의 한 국면을 보게 한다. 오늘의 현대시조에서 보여주고 있는 여성의 몸의 글쓰기가 어떻게 여성의 삶에 대한 주체적 글쓰기로 이어지고 있는지 살펴보게 되는 계기를 열어주는 것이다. '여성성'에 대한 논의를 자신들의 문제로 인식하면서 뚜렷한 지각을 보여주지 못했던 기존의 여성적 글쓰기 방식은 1980년대 후반 여성의 역할과 위치에 대한 새로운 지각을 하게 되면서 우리 문학에서도 중요한 하나의 경향으로 부각되었다.

여성이라는 이유로 당하는 불이익, 직업적으로 받는 부당한 대우, 차별적 저임금, 여성에 대한 선입견, 자본가와 남성들의 결합에서 오는 폭력 등 현실에서 실제의 일로 지적되어 온 것이다. 가부장적 사회로부터 소외되고 있다는 여성 작가들의 인식은 〈또 하나의 문화〉, 〈여성〉, 〈여성운동과 문화〉 등의 발간으로 이어졌고, 여성 해방 문학으로서의 방향성과 정체성을 획득하기에 이르렀다. 그러나 이러한 여성성에 대한 인식은 현대시조의 전통적 질서에 잘 부합하지 않았던 것으로 보인다.

우리는 이러한 상황 속에서 최양숙 시집을 만난다. 작품

속에 주된 목소리로 설정되는 여성 화자, 여성적 운율, 여성 화자의 목소리 속에서 다양한 방식으로 전유되는, 여성 이미지까지 포함하는 넓은 의미의 '여성성'은 현실적으로 구성되는 여성적 삶의 모습을 재현하는 기제다. 여성들이 발 딛고 있는 현실적 체험에 여성의 서사가 근거해야 한다면, '여성성'은 그러한 현실적 체험을 가장 직접적으로 보여줄 수 있는 요소다. 이는 고독한 남성 자아의 상실 및 결핍을 보충하는 타자로서 등장하는 전통적 여성성의 개념과 다르다. 최양숙 시인의 시조는 치유로서의 여성성에 기반해 있다.

최양숙 시인은 시적 화자를 그냥 외롭게 두지 않는다. 그녀들이 그렇게 머물고자 했던 섬과 찾아 헤매던 문門과 창窓의 존재를 암시한다. 그것은 여성의 정체성을 찾아가는 자기 회복의 과정으로 이어진다. 잃어버린 '나'를 다시 되찾는 회복이라는 말 속에는 이미 그 길이 나의 것이라는 의미가 함축되어 있다. 최양숙 시인은 진정한 회복의 문을 여는 열쇠가 스스로에게 있음을 알려주기 위해 직진보다는 우회하는 길을 택한다.

최양숙 시인의 시적 매력은 여기에 있다. 때로는 바다 위에서 안개비를 만나고, 넝쿨과 비탈의 시간 속에서 부대끼면서도 이 순간을 온전히 자기 것으로 인식하고 그 안에서 자기 세계를 꿈꾼다는 것이다. 현실을 벗어나려는 몸부림조차도 온전히 제 것인 세계, 그것이야말로 시인이 지향하는 자기 회복의 세계가 아닐까? 그래서 그녀의 언어에는 낯선 긴장감이 흐른다. 바다에 빠질 듯, 절벽으로 떨어질 듯

위태롭게 걸어가는 언어의 더듬이는 '구멍'을 뚫고 자기내면으로 향하는 동안에도 쉼 없이 긴장한다.

"활짝, 피었습니다만"이라는 무언가 아쉬움과 미련이 남는 듯한 제목은 시인이 말하지 않고도 보여줄 수 있는 언어의 힘을 짐작하게 한다. 최양숙 시인의 시집에서 돋보이는 것은 자기 치유로서 기능하는 여성성의 이미지를 세련된 감각과 낯선 언어의 조합으로 만들어 내고 있다는 점이다. '바다', '어둠', '꽃', '새', '허공' 등의 낯선 질서들이 만들어내는 상징과 시조에서 보기 드문 동사형 제목들은 화자들의 삶을 동적으로 이끄는 매력으로 보인다.

2.
　　비탈을 가진 너와
　　넝쿨을 가진 내가

　　길이란 길 다 돌아와
　　쌓아 가는 오막살이

　　이렇게
　　아픈 더듬이
　　밤새도록 감아서
　　　　　　　　　　　　　－「다시,」 전문

먼저 부부의 삶을 노래한 작품에서 출발해 보자. 넝쿨은

DNA 구조처럼 나선형으로 돌면서 앞으로 나아가는 모양을 지녔다. 부부의 삶 역시 직선으로 뻗어 있지 않고 넝쿨처럼 빙글빙글 돌면서 나아간다. 비탈 역시 기울어진 길이다. 내리막인지 오르막인지는 알 수 없으나 분명한 것은 평탄한 길은 아니라는 것이다. "길이란 길 다 돌아와" 힘겹게 "쌓아 가는 오막살이" 한 채에 부부는 지친 몸을 누인다. "아픈 더듬이/ 밤새도록 감아서" 걸어왔던 그 길들이 구불구불 또 감긴다.

부부는 아픈 더듬이로 길을 밝히며 더듬더듬 길을 내면서 걸어왔을 것이다. '더듬이'는 동물의 촉수觸手로, 위험이나 막다른 길에 봉착했을 때 그것을 감지하고 돌아갈 수 있게 도와주는 중요한 감각기관이다. 시적 화자에게 삶은 곧 아픈 더듬이로 구불구불한 길을 헤쳐 가야 하는 힘겨운 과업이다. 그럼에도 시인은 "뒤틀리고 거꾸러졌다고// 사무치게 보지 마라"고 당부한다. "온몸에 박혀버린// 종양도"(「백련사 동백」) 결국 내 살이기에 받아들인다는 인식은 넝쿨도 비탈도 결국 함께 하는 것이라는 깨달음으로 이어진다.

전시장 마지막 칸에
걸린 나는 빛이 났다

관객들은 잠시 머물다
표정 없이 지나가고

한순간
나를 이룬 뼈들이
바닥으로 쏟아졌다

미끈했던 각선미가
엎어지고 뒤집히고

덧칠된 흉터마저
낱낱이 드러날 때

놓았다
수천 번 금이 가고
버티던 날들을,

—「쏟아지다」 전문

시인은 "수천 번 금이 가고 버티던 날들"에 주목한다. 시적 화자는 관객들이 바라보는 전시장 안에 있다. 여기서 전시장은 우리의 삶의 공간이다. 한때 화자는 "전시장 마지막 칸에" 걸려 빛나는 존재였다. 그러나 "나를 이룬 뼈들이/ 바닥으로 쏟아"지는 것은 한순간이다. "관객들"이라는 표현 속에서 우리는 결국 우리 존재가 지상에 잠시 머물다 가는 영원한 타자他者가 된다는 것을 알 수 있다. 관객은 시적 화자를 바라보는 손님들이므로 가족이며 친구들 모두를 타자로 만든다. "잠시 머물다/ 표정 없이 지나가"는 존재들에게

는 감정이 없다.

'쏟아지다'라는 제목의 의미에서도 한순간에 쏟아져 버린 빛과 한순간에 쏟아져 버린 내 몸들의 상반된 상황을 보여준다. 수천 번 금이 가서 쏟아진 "나를 이룬 뼈들"은 결국 어머니, 딸, 아내, 엄마로서의 가면이 아닐까? "발바닥 굳은 살이 겹겹이 박힌 여자"(「지나가는 강」), "허기진 하루를 접고/ 마른 젖을 물리"는 여자들의 가면을 쓴 그녀들이 쏟아진다.

시인은 "내일이 빠져나간 짐승처럼 견"(「불어온다—화가 한부철」)디던 어머니의 헌신과 희생의 모습이 "붓끝이 스칠 때마다" 점점이 피어난다고 노래하지 않았던가? "그 폐허 쓸어 담다보면 움푹 꺼진 가슴 한 채"(「어머니」)가 또한 번 와르르 무너진다. "처마에 서로 만나// 깃들어 사는 동안// 외롭고 차가울수록// 뜨겁게 자라나서// 뿌리가// 드러날 때까지// 붙들려 산// 한 여인"(「고드름」)에 비유되는 고드름은 거꾸로 매달려 살고, 처마에 깃들어 살고, 추울수록 외로울수록 커지는 존재로 허공에서조차도 자유롭지 않다.

떨어지는 꽃을 향해
어둠이 밀려왔다

꽃잎과 어둠 사이
어둠과 꽃잎 사이

허공이 피어 있었다
새, 허공을 뚫었다

꽁지가 통과할 무렵
구멍 속 길이 났다

물무늬를 만들어 낸
구멍들 사이로

꽃잎을 한 장 물었다
새, 허공을 날았다

─「새, 허공을 뚫다」 전문

    '새'는 하늘과 땅 사이를 자유롭게 오가는 존재다. 그래서 새는 이 하늘과 땅 '사이'라는 말에서 비롯되었다. 하느님의 뜻을 전해주고 알려주는 전령사의 기능을 담당하는 상징이기도 하다. 노아가 비둘기를 방주에서 내보내자 비둘기는 얼마 후 올리브 잎사귀를 가지고 왔다. 노아는 이를 방주에서 내려와도 된다는 신의 허락으로 받아들였다는 성서의 내용도 있다. 정확히 말하면 새는 허공을 뚫는 것이 아니라 허공을 가르는 것이다. 우리는 허공이라는 텅 빈 공간을 사용하며 산다. 허공이 있으므로 그것을 뚫고 그 사이에서 생존할 수 있다. 컵의 용도가 컵 자체에 있는 것이 아니라, 컵이 확보해 놓은 그 빈 공간에 있다는 이치와 같다.

"꽃잎과 어둠 사이/ 어둠과 꽃잎 사이"에 "허공이 피어 있었다"는 것을 아는 '새'는 "허공을 뚫었"다. "꽁지가 통과할 무렵", "구멍 속 길이 났"고, 새는 그 구멍을 통해 숨을 쉰다. 우리는 구멍, 어둠, 허공을 통해 살아갈 수 있다. 말하자면 어둠은 보이지 않는 것들을 통해서 존재하는 것들을 살아갈 수 있게 하는 공간이 된다. 그 대표적인 것이 새다. '새'에 대유된 화자는 구멍을 내어 그 구멍을 통해서 살아가는 존재다. 그러나 화자는 허공을 지날 때조차도 꽃잎을 물어야 한다. 꽃잎이 아니었더라도 그 무언가를 물고 가야 하는 화자이기에 허공에서조차도 온전히 혼자의 몸으로 날아갈 수 없다.

3.

무심히

나도 모르게

닿고 싶은 섬이 있다

파도는 환청이 되어 끝없이 몰려왔으나

언제나 한 발자국씩 다른 곳을 향해 갔다

이제와 더 드러낼 바닥이 어디 있어

안개비 내리는 바다 떠나지 못하는가

한사코

머물게 하는

그대라는

섬, 거기

　　　　　　　　　　　　　－「머물고 싶은」 전문

　　시적 화자는 "무심히", "한사코" 그대라는 섬에 머물고 싶음을 고백하며 그 섬에 닿고 싶은 간절한 심정을 노래한다. 하지만 화자의 앞을 가로막는 '안개비'가 내리면서 시야는 확보되지 않고 여전히 바다를 떠나지 못하고 있다. 화자가 아직 닿지 않은 섬이기에 여전히 그 섬은 "거기" 있는 대상이 된다. "더 드러낼 바닥"조차도 없다는 것은 상처, 수치심, 죄책감, 억울함 등이 이미 다 드러났다는 것이다.

　　밑바닥까지 다 드러나 더 이상 물러설 곳이 없는 이 곳에서 화자가 간절히 닿고 싶은 '섬'은 자기 공간이 아닐까? '그대'가 아니라 미처 닿지 못한 또 다른 '나'의 내면세계인지도 모른다. 안개비를 만나고 파도를 만나면서 화자가 여전히 그 섬이 자기 내면세계임에도 "거기"라고 인식한다는 점에서 여전히 길을 헤매고 있음을 알 수 있다. 자신을 돌아보는 여유가 아직 화자에겐 없다. 그런 이유로 화자는 여전히 그 섬에 닿고 싶어 하는 것이지만 그 섬에 닿을 수 없다. 결국 자기 자신에게 정착하지 못한 여자의 모습은 다음 작품에서 어루만지는 행위를 통해 계속된다.

　　그날 이후 주사기로 불능을 그린 그녀
　　물고기 자궁 안에 갇혀버린 붉은 꽃이

여기는 어둡고 무서워요

도와 달라 외친다

불안전한 집이라도 살겠다고 버티는 날

벽에서 나온 꽃이 긴 상처를 어루만진다

몇 생을 지나는 걸까

생눈물 가득하다

—「어루만지다」 전문

　이번 생애도 태어나지 못하고 다음 생애를 기약해야 하는 것일까? 여자는 "그날 이후 주사기로 불능을 그린"다. '불능'은 더 이상 가능하지 않게 된 상황을 말한다. "불안전한 집이라도 살겠다고 버"텼지만, 자궁에서 빨리 나와 버린 존재가 남긴 "꽃이 긴 상처를" 화자는 어루만져 준다. 어루만지는 행위는 위로하며 안타깝게 여길 때 나온다. 이생을 얻지 못한 존재에 대한 어루만짐이면서 이생을 함께 하지 못한 슬픔에 젖은 화자의 상처를 함께 어루만져 주는 것이다. 잠시 잠깐의 꿈이라도 꾸고 가는 게 좋은데 꿈 꿀 기회도 없이 버텨 내지 못한 삶에 애처로움이 짙다. 정착하지 못한 아기의 존재, 아기와 함께 하지 못한 시적 화자를 나란히 어루만지며 패밀리 식당 창가에 놓인 산세베리아로 시인은 눈을 돌린다.

　패밀리 식당 창가 아오자이 입은 신부

서너 군데 얼룩이 진 화분에 물을 준다

뿌리에 드는 물 소리
오늘따라 불안하다

아기 셋만 낳아 주면 고국에 보내줄게

다짐하던 늙은 신랑 며칠째 소식 없고

새하얀 꽃순 안에서
모국어만 피다 진다

－「산세베리아」 전문

　한국으로 시집 온 베트남 어린 신부 역시 정착하지 못한
존재다. 낯선 나라에서 정착하지 못하고 겉도는 모습은 "뿌
리에 드는 물 소리"가 불안하다는 조짐에서 드러난다. 산세
베리아 '뿌리'가 화분에 정착을 해야 하는데, 물 소리가 불안
하다는 것은 앞으로 정착할 수 있을지 염려가 된다는 것을
의미한다. 거주권을 얻기 위해서는 한국 남자와 결혼을 해
서 신분을 보장받아야 하지만 늙은 신랑이 도망갔으니 암
담한 상황이 된 것이다. 신부가 고국으로 돌아갈 수 있는 조
건은 3명의 아이를 낳아 주는 것인데 늙은 신랑은 없다. 아
이를 낳아 주는 존재, 부재한 신랑을 한없이 기다려야 하는

존재로서의 불안함은 타국에서 온 어린 여성으로서 감당해
야 하는 암담하고 힘든 현실일 수밖에 없다.

    김씨는 오늘도 난파선을 기억한다

    물살이 천길만길
    온몸을 휘감을 때

    헤어진
    아내 등 너머
    쏟아지던 별빛들

    몸 하나 겨우 들고 밀려오는 고비마다

    흐른다 물고기같이
    빈손이다 파도처럼

    마지막
    뱃길 끊기고
    태풍이 오고 있다
                                    —「돌아갈 수 없다」 전문

    돌아갈 수 없다는 것은 '돌이킬 수 없다, 회복할 수 없다,
치유할 수 없다'는 의미와 유사하다. 시적 화자는 오늘도 난

파선을 기억한다. 배가 전복되어 더 이상 항해할 수 없는 지경에 이르고, 헤어진 아내는 다시 만날 수 없게 된 그 날을. "물살이 천길만길/ 온몸을 휘감을 때" 잃어버린 아내는 생사를 확인할 수도 없고, 몸 하나 들고 화자만 겨우 남았다. 뱃길마저 끊기고 태풍이 온다는 것은 더 큰 시련의 시간을 예고한다. 돌아갈 수 없다는 것을 알기에 더 집요하게 기억을 붙들고 있는 것인지도 모른다. 화자는 김씨의 난파선을 통해 아내와 고향을 본다. 다시는 고향을 찾을 수 없는 안타까운 삶이 여기 있다.

「어루만지다」의 아기도,「머물고 싶은」에 등장하는 '섬'도 정착하지 못한 여성의 이야기였다면, 산세베리아에 투사되어 있는 시적 화자 역시 정착하지 못하고 "새하얀 꽃순 안에서/ 모국어만 피다"지는 존재다. 그래서 시인은 '레테'를 상징적으로 불러들인 것일까?

4.
지나 온 모든 길에
방점을 찍을 수 없다

내몰리고 부서진 채
거슬러 갈 수도 없다

한 번은
살아 보자고

솟구치는 저 폭포

―「레테」 전문

　모든 길에 방점을 찍을 수 없으므로 모든 길이 방점이 되어야 하는 역설이 이 시에 있다. '레테'는 사후 세계로 가는 강의 이름이다. 이 강을 건너면 지난 삶은 다 잊어버리게 된다. "한 번은/ 살아 보자고/ 솟구치는 저 폭포"처럼 레테의 강을 건너면 또 하나의 그림이 펼쳐진다. 화자는 레테를 건너며 살 듯 매 순간을 지우며 살아야 하는 생을 이야기한다.

　아마도 그 곳은 "무심히/ 나도 모르게/ 닿고 싶은 섬"(「머물고 싶은」)이면서 "한사코/ 머물게 하는" 섬과 같은 곳일 것이다. "지나 온 모든 길에/ 방점을 찍을 수"도 없고, "내몰리고 부서진 채/ 거슬러 갈 수도 없다"면 화자는 '레테'의 강을 건너면서 상징적으로 새로운 세계를 만나고자 한다. 누구의 무엇이 아닌 자신의 정체성을 찾기 위해서 말이다.

　　둘둘 말린 잎 안에서 얼굴만 쏙 내밀고
　　이참에 갈까 말까 머뭇대는 자벌레
　　살며시 밖으로 나와
　　찌는 햇살 등에 진다

　　한 걸음 길 때마다 한 나절이 잘려나가고
　　가시덤불 길을 바꾸는 어두운 숲의 정수리
　　그 안에 슬쩍 들어가

보석처럼 구부린다

—「출구는 있다」 전문

　왜 우리는 출구를 찾아야 하는가, 일생을 허비해 가며 걸어가야 하는 걸까? 출구와 입구는 따로 있는 것이 아니다. 출구는 곧 입구다. 들어왔던 곳으로 나가는 것이다. 화자의 고단한 삶을 표상하는 "가시덤불 길"을 지나 만나게 되는 "어두운 숲의 정수리"는 자벌레가 살기에 가장 좋은 공간인가 보다. 그렇다면 "어두운 숲의 정수리"는 출구가 될 것이다. 비로소 자벌레가 우화羽化한 것으로 볼 수 있겠다. 이제 더 이상 가시덤불 길을 걷지 않아도 되는 것이다.

어느 한 곳 둘 데 없는 마음 들고 그 집 간다

낡은 양철 지붕 아래 녹이 슨 바람이

무너진

담장 밖으로

종 소리를 풀고 있다

무엇인가 놓아버린 물망초 흩어져 있고

후드득 떨어진 내가 나를 줍는 동안

고요가

산으로 앉은

바람집을 떠난다

—「바람집」 전문

바람은 움직이는 존재다. 나그네와 방랑객으로 표상되는 바람이 어떻게 집이 있을 수 있을까? 「산세베리아」의 베트남 신부도 정착 못 하고 떠도는 존재로 바람과 닮았다. 또한 바람은 그 존재감도 잘 드러나지 않는 유령 같은 존재다. 다른 존재를 통해서 그 존재감을 증명할 수 있다. "내가 나를 줍는" 행위는 내가 진정한 동반자가 되어야 한다는 것을 의미한다. 홀로 떨어진 나를 줍는 과정이야말로 시인이 던지고자 하는 궁극적인 메시지가 아니겠는가?

"바람집을 떠나"는 것은 바람의 머물 수 없는 속성을 반영하는 것이기도 하고, 머물 수 없는 화자의 삶을 상징적으로 드러내는 장치이기도 하다. 그러나 화자뿐만 아니라 그 누구도 머물 수 없다. 모든 살아 있는 생명체가 표정 없이 왔다가는 존재이기 때문이다. 강, 바람, 구름이 다 왔다 가는 존재로서의 상징성을 드러내듯이 우리도 손님처럼 왔다 가는 것이다. 이 지상에 영원한 주인은 없다.

5.

사표가 처리되고 뒤척이다 꿈을 꾸네

해안에서 거대한 나비가 날아왔어

　─잡아 봐, 나를 잡아 봐!

나를 잡고 날아 봐!

낮고 짠 밑바닥을 쉬지 않고 걸어왔네

소나기 뒤 햇살이나 반짝이는 별 따위는

내 것이 아니라는 듯

더 멀리 달아났네

살다 보니 또 다른 내가 꿈틀대기 시작했어

바다 속 바다에는 무수한 길이 열리고

안개에 갇힌 섬 하나

깨어나고 있었네

－「C에게」 전문

사표가 처리 되었다는 것은 이 곳에서 더 이상 살아가기
가 어렵다는 의미다. 그래서 자신의 이상세계인 나비를 쫓
는다. 그리고 그 나비를 통해 미처 의식하지 못했던 진정한
자신을 만나게 되기를 꿈꾼다. 그동안 "낮고 짠 밑바닥을 쉬
지 않고 걸어왔"다. 그럼에도 "소나기 뒤 햇살"과 "반짝이는
별 따위"는 제 것이 아니라고 말한다. 그만큼 자신을 돌보지
않은 것일까? "살다보니 또 다른 내가 꿈틀대기 시작했다"
는 것을 비로소 깨달은 화자. "바다 속 바다에"도 무수한 길
이 열리고 "안개에 갇힌 섬 하나"가 깨어나고 있었다는 사
실을, 화자는 그 넓은 바다 위에서 오랜 시간 헤매면서 알게
된 것이다. 새로운 시작을 모색해 보길 바라는 스스로에 대
한 다짐이 여기에 있다. 반복되는 인연의 굴레 속에서 세상
모든 것들이 이어져 있음을 깨닫는 순간이 온다.
　"얼음의 두께보다/ 더 두꺼운 벽을 깨고(「해빙」) 그녀들
이 쏟아진다. "때로는// 멍하니// 내려놓고// 비우고 싶"(「시

누대」)던 삶을 뒤로 하고 "휘둘린/ 삶에 붙들려"(「한때」) 자꾸만 캄캄해지던 길을 자르고 "네게로/ 이르는 먼 길"(「가슴의 씨」)이 이미 내 안에 있었음을 발견한 그녀들이 그녀들을 어루만지며 걸어온다. 최양숙 시인은 긴 여행을 끝내고 다시 처음으로 돌아가는 원시반본原始返本(원래의 자리로 다시 돌아옴)에 이르게 된 것이다.

그녀의 반자도지동反者道之動(되돌림이 곧 도의 움직임)으로써의 시조쓰기는 이렇게 처음부터 다시, 또 다른 동선을 그리고 이어질 것이다. 여럿의 그녀들 속에 또 다른 그녀의 삶이 여기 활짝 피어난다. 최양숙 시세계의 미학은 현대시조에서 여성서사의 한 국면을 제시해 주었다는 점과 오늘의 현대시조에서 보여주고 있는 여성의 몸의 글쓰기가 어떻게 여성의 삶에 대한 주체적 글쓰기로 이어지고 있는지를 보여주는 데서 찾을 수 있겠다.